Geest-Verlag
Verlag für engagierte Literatur

Für
Mechthild
Eva
Pauline
Leo
Jon
Ferdinand

Dieter Krenz

Wolken auf Tomatensuppe

99 ungewöhnliche Antworten auf Kinderfragen

Krenz, Dieter
Wolken auf Tomatensuppe
99 ungewöhnliche Antworten
auf Kinderfragen
Geest-Verlag 2014

Lange Straße 41 a, 49377 Vechta-Langförden
Tel. 04447/856580
Geest-Verlag@t-online.de
www.Geest-Verlag.de

Druck: Geest-Verlag

ISBN 978-3-86685-465-9
Printed in Germany

Immer ich, immer ich,
schluchzte das Kind. Es saß auf der Bettkante.
Das Fenster stand offen, und die Dämmerung machte
das Kind noch einsamer.
Immer ich, immer ich.

Nein, du bist nicht immer schuld,
ließ sich eine Stimme vernehmen.

Das Kind erschrak.
Wer bist du?,
fragte das Kind.

**Ich bin der Abendstern. Wenn du an das Fenster
kommst, kannst du mich blinken sehen,**
sprach der Stern.

Zögernd ging das Kind ans Fenster und sah
den hellen Abendstern.

Du bist nicht immer schuld,
wiederholte der Stern.

Das Kind hatte fast seinen Schmerz vergessen.
Doch! Ich bin immer schuld,
jammerte das Kind.

Was ist denn passiert?,
wollte der Stern wissen.

Ich habe die Vase nicht kaputt gemacht.
Der Wind ist schuld,
sagte das Kind.

Und wie kam der Wind an die Vase?,
fragte der Stern.

Ich habe das Fenster aufgemacht,
und dann hat der Wind ...,
klagte das Kind erneut.

... **sich einfach die Vase geschnappt –**
ohne dich zu fragen,
vervollständigte der Abendstern den Satz des Kindes.
Ja, du bist wirklich nicht schuld!

Erleichtert schnaufte das Kind durch.

Als das Kind Geburtstag hatte,
fragte es:
Warum werden die Menschen älter?

Damit sie die Welt gut sehen können,
antwortete der Morgenstern.

Aber das können sie auch,
wenn sie immer gleich alt sind,
versuchte das Kind zu widersprechen.

Nein,
sagte der Stern,
das geht nicht, weil die Welt nicht altern will.

Wird die Welt nicht älter?,
fragte das Kind.

Doch, natürlich auch,
sprach der Stern,
aber sie hört es nicht gerne.

Als es Nacht wurde,
schaute das Kind
in den funkelnden Sternenhimmel.

Warum gibt es so viele Sterne?,
fragte es.

Weil es so viele Kinder gibt,
antwortete der glänzend aufgelegte Abendstern.

Aber so viele Kinder kenne ich gar nicht,
versuchte das Kind zu widersprechen.

Das sagen die Sterne auch,
entgegnete der Abendstern.

Das Kind aber schüttelte den Kopf –
verständnislos.

Das Kind war traurig gewesen und hatte geweint.
Als es sich wieder beruhigt hatte, fragte es:
Warum weint man?

Weil der Schmerz fließen will,
antwortete der Abendstern.

Und wohin?,
wollte das Kind wissen.

Zum Meer, zum großen Meer,
sprach der Stern.

Und was macht das Meer mit dem Schmerz?,
fragte das Kind.

Das Meer macht nichts.
Aber der Schmerz wird zum Salz im Meer,
erklärte der Abendstern.

Das Salz im Meer ist gut, oder?,
fragte das Kind.

Ja sicher,
sagte der Stern.

Dann ist es gut, dass ich weine,
strahlte das Kind.

Das Kind war beim Großvater.
Lange betrachtete es dessen Gesicht.

Warum hast du so viele Falten?,
fragte es.

Weil ich alt bin, und das Bügeln der Falten nicht mehr gelingt.

Da sprang das Kind auf, lief in den Nebenraum und kam mit dem Bügeleisen in der Hand zurück.

Der Großvater lachte:
Doch nicht mit dem Bügeleisen.

Aber mit was dann?,
fragte das Kind.

Mit viel junger Zeit,
sprach der Großvater.

Das verstehe ich nicht – mit junger Zeit,
grummelte das Kind.

Genauso ist es mir früher auch ergangen,
sprach der Alte.

Kann man die junge Zeit wo kaufen?,
fragte das Kind.

Warum leuchten die Sterne?,
fragte das Kind vor dem Schlafengehen.

Weil es die Nacht gibt,
antwortete der Wind.

Und warum gibt es die Nacht?,
wollte jetzt das Kind wissen.

Weil das der Tag will,
gab der Abendstern geduldig Antwort.

Dann will ja der Tag, dass die Sterne leuchten,
rief das Kind voller Freude.

Am Abend hatte das Holz wunderbar gebrannt.
Lange hatte das Kind den Flammen zugeschaut.
Am nächsten Morgen lag nur noch Asche im Kamin.

Warum ist die Asche weiß,
obwohl das Holz braun ist?,
fragte das Kind.

Das liegt an der Luft,
antwortete der Morgenstern.

Warum an der Luft?,
wollte das Kind wissen.

Alles, was verbrennt, möchte wie die Luft werden,
sprach der Stern.

Die Luft ist aber durchsichtig, und die Asche ist weiß,
widersprach das Kind.

Stimmt,
murmelte der Morgenstern,
das Holz schafft es nicht ganz, wie die Luft zu werden.

Die Luft hat gewonnen,
rief das Kind begeistert.

Sie gewinnt sehr oft,
bestätigte der Morgenstern

Auf der Bergspitze saß das Kind,
unter sich das Tal mit all den Häusern.

Warum sind die Häuser so klein?,
fragte das Kind,
auch mein Haus?

Weil du jetzt so hoch bist,
antwortete der Morgenstern.

Aber da passe ich ja nicht mehr rein,
klagte es.

Doch,
beruhigte der Stern,
wenn du nicht mehr so hoch bist.

Und wie geht das?,
wollte das Kind wissen.

Du musst nur hinabsteigen ins Tal,
sprach der Stern.

Das Kind spielte am Seeufer
und ließ Kiesel über das Wasser hüpfen.
Wenn das mehrmals klappte, freute sich das Kind so sehr, dass es jedes Mal in die Höhe sprang.

Warum geht der Stein nicht gleich unter?,
fragte das Kind.

Alle wollen fliegen,
antwortete der Abendstern,
auch ein Stein.

Aber von allein kann er nicht fliegen,
sagte das Kind.

Richtig. Und deshalb hat er dich ausgesucht,
damit er fliegen kann,
war die Erklärung des Abendsterns.

Voller Stolz suchte das Kind einen besonders schönen und flachen Stein. Den ließ es zehnmal über das Wasser hüpfen.

Am sprudelnden Bach saß das Kind.
Das Wasser schoss nur so über die Kiesel.

Warum ist das Wasser so schnell?,
fragte das Kind.

Weil die Kiesel das so wollen,
antwortete der Abendstern.

Warum?,
fragte erneut das Kind.

Damit sie schnell sauber werden und glänzen,
erklärte der Stern.

Die sind aber eingebildet,
sagte das Kind.

Nein,
widersprach der Abendstern,
sie lassen sich auch für dich waschen.

Da steckte das Kind seine Füße in den Bach,
und seine Zehennägel glänzten wie kleine Kiesel.

Eines Morgens fragte das Kind:
Morgenstern, warum kann ich dich
nicht den ganzen Tag sehen?

Das liegt an der Sonne. Sie ist stärker als ich,
sprach dieser.

Kannst du dich nicht mehr anstrengen?,
fragte das Kind.

Das tue ich doch.
Deshalb gewinne ich ja auch am Abend,
sagte der Stern.

Das Kind nickte:
Ich freue mich schon auf heute Abend.

Auf dem Nachhauseweg war das Kind gestolpert
und hingefallen. Es blutete leicht am Knie.

Warum falle ich auf dem Weg immer wieder hin?,
jammerte das Kind.

Weil du den Weg noch nicht lesen kannst,
antwortete der Abendstern.

Nicht lesen – der Weg hat doch keine Buchstaben,
ärgerte sich das Kind.

Doch,
sprach der Stern,
aber andere Buchstaben als in den Büchern.

Und wann kann ich die lesen?,
fragte das Kind, immer noch leicht grantig.

Da war der Abendstern schon nicht mehr zu sehen.

Auf dem dicken, blanken Eis des Sees stand das Kind.
Viele kleine Fische schwammen
unter der Eisdecke umher.

Hallo, Fische,
rief das Kind,
hallo!

Die Fische schwammen – ungerührt vom Rufen des
Kindes – weiter.

Warum antworten die Fische nicht?,
fragte das Kind.

Das liegt am Eis.
Du hast dem Eis keinen Auftrag gegeben,
antwortete der Morgenstern.

Welchen Auftrag?,
fragte das Kind.

Den Fischen zu sagen, dass du sie gerufen hast,
sprach der Stern.

Und wie heißt der Auftrag?,
wollte das Kind jetzt wissen.

**Du musst das Eis bitten, den Fischen zu sagen,
dass du sie gerufen hast. Und dann musst
du dreimal fest auf das Eis klopfen.**

Das tat das Kind.
Nach dem dritten Klopfen schwammen die Fische
aufgeregt nach allen Seiten.

Sie haben mich gehört,
rief das Kind voller Begeisterung.

Das Kind weinte.

Warum weinst du?,
fragte der Abendstern.

Weil mein Großvater so viele Falten hat –
und sie nicht weg bekommt,
antwortete das Kind.

Das ist doch nicht schlimm,
versuchte der Stern zu beruhigen.

Doch! Er ist so alt,
klagte das Kind.

Du müsstest mich mal durch das Fernrohr sehen.
Ich habe noch mehr Falten als dein Großvater,
sprach der Abendstern.

Dann bist du also älter als er,
sagte das Kind.

Ja,
meinte der Stern,
viel älter. Und ich leuchte noch sehr gut.

Nachdem der Abendstern dem Kind wieder einmal eine Antwort gegeben hatte, war es für eine Weile ruhig.

Dann fragte es:
Warum muss ich nur so viel fragen? – Das strengt an.

Mich strengen die Antworten auch an,
sprach der Abendstern.

Gut,
sagte das Kind,
dann frage ich ab jetzt nicht mehr.
Und du brauchst nicht zu antworten.

Es wurde ganz still. Aber schon nach kurzer Zeit wurde das Kind unruhig, bis es aus ihm herausplatzte.

Warum kann ich nicht still sein?,
fragte es.

Weil das noch anstrengender ist, als zu fragen,
antwortete der Stern.

Ist das beim Antworten auch so?,
fragte das Kind.

Ja,
sagte der Abendstern,
der das Kind nicht enttäuschen wollte.

Warum kann ich nicht einschlafen?,
fragte das Kind,
das sich unruhig im Bett hin und her warf.

Weil du dich nicht anstrengst,
antwortete der Abendstern.

Aber ich strenge mich doch an.
Schau, wie ich meine Augen fest zusammenpresse,
widersprach das Kind.

Du musst die Augen aber möglichst
schwach zusammenpressen.
Streng dich an!,
sprach der Stern.

Das Kind konzentrierte sich auf den schwächsten
Liddruck – und schlief ein.

Geht doch,
murmelte der Abendstern und verschwand.

Auf einer Brücke stand das Kind,
unter ihm floss das Wasser dahin.
Ein Ast trieb unter der Brücke hindurch und verschwand
rasch mit dem Strom in der Dämmerung.

Wohin schwimmt der Ast?,
fragte das Kind.

Mit dem Fluss in das Meer,
antwortete der Abendstern.

So weit kannst du schauen?,
fragte das Kind leicht zweifelnd.

Ja,
sagte der Stern.

Und wann kommt der Ast im Meer an?,
wollte das Kind wissen.

Zur vollen Stunde,
sprach der Abendstern.

Zur vollen Stunde, das hatte das Kind noch nicht gehört
und glaubte, dass dies ein besonderer Zeitpunkt wäre.
Darum sagte es nur:
Dann dauert es ja nicht mehr lange.

Bin heute traurig,
sagte das Kind

Und gestern warst du so froh,
sprach der Morgenstern.

Warum bleibt die Freude nicht immer da?,
fragte das Kind.

Damit du dich wieder freuen kannst,
antwortete der Morgenstern
lächelnd.

Das Kind ging einen schmalen Fluss entlang, der sich durch das grüne Tal schlängelte.

Warum fließt der Fluss nicht geradeaus?,
fragte das Kind.

Weil der Fluss Zeit braucht,
antwortete der Abendstern.

Zeit, warum Zeit?,
wollte das Kind wissen.

Der Fluss braucht Zeit,
sich seine vielen Bilder anzuschauen,
erklärte der Stern dem Kind.

Und wo sind die Bilder, die dem Fluss gehören?
Die will ich sehen,
rief das Kind.

Wenn du am Fluss weitergehst und links und rechts schaust, kannst du die Bilder des Flusses sehen,
sprach der Abendstern.

Das Kind überlegte lange, dann sagte es:
Ja.

Guten Abend, lieber Abendstern,
sagte das Kind.

Guten Abend, mein liebes Kind,
grüßte der Abendstern.

Ich will dich etwas fragen. Musst du laut reden, wenn du mit mir sprichst? Musst du schreien?

Du fragst das sicher, weil ich so weit von dir weg bin,
sprach der Abendstern.

Das Kind nickte.

Ich muss nicht laut sein,
sagte der Abendstern.

Und warum nicht?,
fragte das Kind.

Mein Licht trägt meine Worte zu dir,
erklärte der Stern.

Ich will auch so ein Licht,
rief das Kind.

Das brauchst du nicht, ich höre dich sehr gut,
antwortete der Abendstern.

Das Kind hatte ein Trampolin geschenkt bekommen. Den ganzen Tag hüpfte es mit großer Ausdauer – bis in die Abendstunden.

Warum kann ich mit dem Trampolin so hoch hüpfen?,
fragte es.

Weil es nachgibt,
antwortete der Abendstern.

Nur darum?,
zweifelte das Kind.

Und weil es dir deine Kraft zurückgibt,
ergänzte der Stern.

Das macht das Trampolin gut,
sagte das Kind.

Ja, nachgeben bringt dich manchmal höher,
sprach der Abendstern.

Das hörte das Kind aber schon nicht mehr. Es ließ sich gerade vom Trampolin ganz hoch schleudern.

Wieder einmal hatte der Abendstern das Kind
mit einer Antwort überrascht.

Ist das auch wahr?,
fragte das Kind leicht zweifelnd.

Ja sicher, alle Sterne müssen die Wahrheit sagen,
gab der Abendstern zur Antwort.

Und wenn doch nicht?,
wollte das Kind wissen.

Alle, die lügen, verlieren ihr Licht,
sprach der Stern mit großem Ernst.

Du leuchtest ganz, ganz hell.
Ist das dann doppelt wahr?,
fragte das Kind.

Für einen Augenblick schien das Licht des Abendsterns
noch heller als sonst.

Das Kind hatte Linseneintopf gegessen.
Nach einer Weile fühlte es sich sehr gebläht.

Warum ist mein Bauch so dick?,
fragte es.

Das machen die Linsen,
antwortete der Abendstern.

Und warum?,
wollte das Kind wissen.

Die Linsen brauchen viel Platz,
sagte der Stern.

Aber Linsen sind doch ganz klein,
versuchte das Kind zu widersprechen.

Ja eben,
sprach der Abendstern,
alles, was klein ist, will viel Platz.

Dann wollen die großen Sachen ja noch viel mehr,
sprach das Kind.

Nein, die wollen nicht mehr,
erklärte der Stern,
die haben ja schon den Platz, den sie wollen.

Da lief das Kind die leere Straße hinunter und rief
in den klaren Nachthimmel:
Ich will viel, viel Platz!

Einmal sagte das Kind:
Ich will das haben! Und das!

Da fragte der Abendstern:
Was möchtest du noch?

Das Kind antwortete:
Ich will alles!

Gut,
meinte der Abendstern,
du bekommst alles,
wenn du mir auch alles zeigen kannst.

Voller Begeisterung begann das Kind
auf die Dinge zu zeigen –
und schlief dabei ein.

Das Kind saß im Auto,
und das Auto fuhr durch die Straßen einer Stadt.
Viele Menschen gingen am Rande der Straßen.

Warum gehen die Menschen?,
fragte das Kind.

Weil sie nicht bleiben können,
antwortete der Abendstern.

Aber irgendwann kommen sie doch an –
und bleiben,
beharrte das Kind.

Ich habe noch niemanden gesehen,
der geblieben ist,
sprach der Stern.

Aber sie können doch nicht ewig gehen,
zweifelte das Kind.

Ich verrate dir ein Geheimnis,
flüsterte der Abendstern,
es sind immer andere,
sie lösen sich ab.

Das Kind hatte zu viel gegessen.
Ihm war schlecht.

Warum ist mir so schlecht?,
jammerte es.

Das Essen ist schuld,
antwortete der Abendstern.

Warum?,
fragte das Kind.

Es war zu viel Essen da,
erklärte der Stern.

Böses Essen,
schimpfte das Kind.

Ab sofort gibt es kein Essen mehr,
dann wird dir nicht mehr schlecht,
sprach der Abendstern.

Nein,
schrie das Kind,
dann verhungere ich ja.

Aber das Essen ist doch schuld daran,
dass dir schlecht ist,
widersprach der Stern.

Nein, ich bin schuld,
ich hab zu viel gegessen,
sagte das Kind kleinlaut.

So so,
sprach der Abendstern.

Am Morgen hörte das Kind
den Vögeln zu und fragte:
Wen rufen die Vögel?

Dich und andere,
antwortete der Morgenstern.

Aber die Vögel kennen mich doch gar nicht?,
zweifelte das Kind.

Sie rufen immer nur Unbekannte,
beruhigte der Stern.

Das Kind stand auf dem Bahnsteig
und wartete.

Voller Ungeduld fragte es:
Warum muss ich warten?

Weil die Uhr nicht schneller gehen kann,
antwortete der Abendstern.

Und warum ist das Warten so blöd?,
fragte das Kind weiter.

Weil du nicht gehen kannst,
sprach der Stern.

Wohin gehen?,
fragte das Kind.

Wohin du willst,
sagte der Stern.

Die Eltern waren wieder einmal sehr beschäftigt
gewesen. Immer, wenn das Kind etwas wollte,
bekam es die Antwort ‚Später – Später'.

Verärgert ging das Kind in sein Zimmer.
Dieses Später musste etwas Unangenehmes sein.

Was ist Später?,
fragte das Kind.

Das Später soll dich trösten,
antwortete der Abendstern.

Ach so,
sprach das Kind.
Aber warum sagen sie es fünfmal?

Weil du fünfmal etwas von ihnen wolltest,
sagte der Stern.

Nein, ich wollte nur ein was – ein Eis,
widersprach das Kind.

Stimmt, da haben deine Eltern nicht richtig zugehört,
gab der Abendstern dem Kind recht.

Das nächste Mal will ich nur ein Später,
sagte das Kind mit Nachdruck.

Das Kind stand vor der großen Kirche, deren Tür mit
vielen goldenen Nägeln beschlagen war.
Die glänzten im Abendlicht.
Das Kind war ganz begeistert und begann eifrig,
die Nägel zu zählen.
Doch immer wieder verzählte es sich.

Warum verzähle ich mich immer?,
fragte es.

Weil du begeistert bist,
antwortete der Abendstern.

Verzähle ich mich dann nicht,
wenn ich nicht begeistert bin?,
wollte das Kind wissen.

Genau,
sprach der Stern.

Dem Kind war langweilig.

Was soll ich tun?,
fragte es,
es ist so langweilig.

Nichts,
antwortete der Morgenstern.

Dann ist es noch langweiliger,
widersprach das Kind.

Wirklich?,
fragte der Stern,
du tust doch nichts –
und das ist sehr viel.

Da ärgerte sich das Kind und
nahm ein Spielzeug in die Hand.

Der Großvater des Kindes war gestorben
und beerdigt worden.

Als es Abend wurde,
fragte das Kind:
Was macht mein Großvater jetzt?

Er nimmt sich jetzt Zeit,
antwortete der Abendstern.

Zeit – für was?,
wollte das Kind wissen.

Er nimmt sich jetzt Zeit für die Erinnerung.
Er erinnert sich an alles, was er erlebt hat,
erklärte der Stern dem Kind.

Erinnert er sich auch an mich?,
fragte das Kind.

Ja, immer,
sagte der Abendstern.

Gut, dass mein Großvater jetzt so viel Zeit hat,
murmelte das Kind.

Es dämmerte.
Das Kind stand am Fenster und schaute auf die Straße
hinunter. Die war sehr belebt.

Warum ist da so ein Durcheinander?,
fragte es.

Damit die Ruhe kommt,
antwortete der Abendstern.

Die Ruhe? Und wann kommt die Ruhe,
wollte das Kind wissen.

Wenn lange genug Durcheinander war,
entgegnete der Stern.

Und wann ist das?,
fragte das Kind.

Du musst warten,
sprach der Stern.

Das Kind setzte sich zum Warten ans Fenster
und schlief ein.
Am frühen Morgen erwachte es und sah auf die Straße
hinunter, die sich nach und nach wieder belebte.

So was Blödes, ich hab die Ruhe verpasst,
murrte es.

Einmal fragte das Kind:
**Warum weinen die Menschen,
wenn sie eine Zwiebel schneiden?**

**Weil die Zwiebel den Menschen eine
traurige Geschichte erzählt,**
entgegnete der Abendstern.

Was für eine Geschichte?,
wollte das Kind wissen.

**Das weiß ich nicht.
Ich habe nur gehört, dass jede Zwiebel
ihre eigene Geschichte erzählt,**
erklärte der Stern.

Wie traurig müssen die Zwiebeln sein,
sagte das Kind.
Ich werde nie Zwiebeln schneiden!

Das Kind war in der Nacht aufgestanden
und hatte den Sternenhimmel angeschaut.

Am Morgen fragte es:
Wie viele Sterne gibt es?

Viele und einen,
antwortete der Morgenstern.

Sag mir doch die Zahl,
forderte das Kind.

Die Zahl heißt „viele und einer“,
sprach der Stern.

Die Zahl kenne ich nicht,
murrte das Kind.

Das glaube ich dir.
Die Zahl ist ja auch eine Sternenzahl,
erklärte der Morgenstern.

Ach so,
sagte das Kind,
und die Zahl kennen nur die Sterne.

Ja ja,
murmelte der Morgenstern,
während er verblasste.

Das Kind lag im Gras und schaute den Wolken zu –
bis zum Abend.
Wo kommen die Wolken her?

Aus dem Wald,
antwortete der Abendstern.

Das muss ich sehen,
sprach das Kind und sprang auf.

Sie kommen aber auch vom Meer,
sagte der Stern.

Das muss ich auch sehen,
rief das Kind und wollte schon loslaufen.

Von den Bergen kommen sie auch
und von den Tälern mit ihren Flüssen,
sagte der Abendstern.

Da muss ich ja weit laufen,
sprach das Kind enttäuscht.

Nein,
widersprach der Stern,
du kannst bleiben, wo du gerade bist.

Aber von hier gehen doch keine Wolken fort,
grummelte das Kind.

Doch, aber du kannst sie nicht sehen,
weil sie noch zu klein sind,
erklärte der Abendstern.

Da legte sich das Kind wieder ins Gras und rief:
Hallo, ihr Wolken, gute Reise.

Als das Kind müde geworden war,
richtig müde, klagte es:
Ich wollte noch so lange spielen.

Spielen kannst auch noch morgen,
versuchte der Abendstern, das Kind zu beruhigen.

Aber morgen ist anders,
anders als jetzt,
trotzte das Kind.

Ja,
sagte der Abendstern –
und nach einer kleinen Pause:
Morgen wirst du auch wieder müde werden.

Ich will nicht müde werden.
Nie!,
schrie das Kind in den Nachthimmel.

Warum fallen die Blätter von den Bäumen?,
fragte das Kind.

Weil der Herbst gekommen ist,
antwortete der Abendstern.

Wer ist der Herbst?,
wollte das Kind wissen,
den hab ich noch nie gesehen.

Ja, weil er immer woanders ist,
sprach der Stern.

Und was macht er dort?,
fragte das Kind.

Die Bäume schütteln,
sagte der Stern.

Und wenn er weg ist, fallen die Blätter,
ergänzte das Kind.

Das Kind war verstimmt.
Sein liebster Freund hatte ihm nicht zugehört.

Warum hört er mich nicht?,
fragte das Kind.

Weil seine Ohren verschlossen sind,
antwortete der Abendstern.

Und wer hat sie verschlossen?,
wollte das Kind wissen.

Seine Gedanken,
sagte der Stern.

Welche Gedanken?,
wollte das Kind wissen.

Das weiß ich nicht.
Gedanken kann ich nicht lesen,
meinte der Stern.

Und warum weißt du,
dass die Gedanken seine Ohren verschließen?,
brummte das Kind.

Das sieht man den Ohren an,
sprach der Abendstern.

Grau war der Himmel seit Tagen.
Nur grau.

Warum ist der Himmel so grau,
fragte das Kind.

Weil der Himmel nachdenkt,
antwortete der Morgenstern.

Er denkt nach?,
wiederholte das Kind.

Ja,
sprach der Stern,
er versucht sich zu erinnern,
wie das mit dem Blau wieder geht.

Hat er denn das Blau vergessen?,
wollte das Kind wissen.

Nein, er weiß nur nicht mehr, wie es geht.
Aber wenn er aufhören könnte, darüber
nachzudenken, würde es ihm wieder einfallen,
antwortete der Morgenstern.

Na ja,
sagte das Kind,
grau ist manchmal auch ganz schön.

Das Kind stand am Grab seines Großvaters. Es war Frühling, und die Primeln leuchteten.
Das Kind schaute auf den Grabstein. Da standen der Name des Großvaters sowie sein Geburts- und sein Todestag.

Warum sind auf dem Stein
nur Buchstaben und Zahlen?,
fragte das Kind.

Weil das den Menschen genügt,
antwortete der Abendstern.

Aber mir nicht,
rief das Kind.

Ich habe bei meinem Großvater
keine Buchstaben und Zahlen gesehen,
murrte das Kind.

Da hast du recht,
sprach der Stern.
Aber was willst du tun?

Ich bringe das nächste Mal seine Mütze mit,
sagte das Kind voller Stolz.

Mit der Zeit lernte das Kind die anderen Kinder
in seiner Straße kennen.
Es kannte beinahe alle Namen.

Warum,
so fragte es,
habe ich einen Namen?

Damit du weißt, wer du bist,
antwortete der Abendstern.

Aber, das weiß ich auch ohne Name,
widersprach das Kind.
Ich heiße ab heute Kind, nur Kind.

Und wie heißen ab heute die anderen Kinder
in deiner Straße – auch Kind?,
wollte der Stern wissen.

Nach einer Pause sagte das Kind:
Ich will doch nicht Kind heißen.

Das Kind hatte gerade gelernt,
dass ein Tag als Datum geschrieben wird.
Eines verstand es allerdings nicht.

Warum brauchen die Menschen das Datum?,
fragte das Kind.

Damit sie die Zeit nicht verlieren,
antwortete der Abendstern.

Verlieren sie die Zeit wirklich nicht?,
fragte das Kind nach.

Doch, leider, mein Kind,
sprach der Stern.
Aber sie verlieren sie nicht auf einmal –
glauben die Menschen.

Dann will ich kein Datum,
sprach das Kind
und drehte den Wandkalender um.

Das Kind hatte Geburtstag.

Weißt du, was heute für ein Tag ist?,
fragte das Kind den Morgenstern.

Nein,
antwortete dieser.

Heute ist mein Geburtstag,
sagte das Kind voller Stolz.

Woher weißt du das?,
fragte der Stern.

Das Datum steht in meinem Kalender.

Du wolltest doch kein Datum mehr,
sprach der Morgenstern.

26 : 0

Dem Kind war auf dem Weg ein alter Mann
entgegengekommen, der sich beim Gehen
auf einen Stock stützte.

Warum geht der Mann mit einem Stock?,
fragte das Kind.

Weil der Stock sein drittes Bein ist,
gab der Abendstern als Antwort.

Der Stock ist doch kein Bein,
widersprach das Kind sofort.

Sicher,
sagte der Stern,
aber er stützt den Mann wie ein drittes Bein.

Ich hole mir zwei Stöcke, dann habe ich vier Beine,
rief das Kind begeistert.

Lieber nicht,
sprach der Abendstern.

Bei einem Spaziergang hatte das Kind eine riesige Eiche
entdeckt. So sehr es sich auch anstrengte,
es konnte den Stamm nicht umfassen.

Warum ist der Baum so dick?,
fragte das Kind am Abend.

Weil er so alt ist,
antwortete sein Lieblingsstern.

Wird alles dick, wenn es alt ist?,
fragte das Kind.

Nein, das werden nur die Bäume,
sprach der Abendstern und fügte hinzu:
Aber sie werden auch sehr, sehr stark.

Ich will auch so stark werden.
Wie machen sie das?,
wollte das Kind wissen.

Sie wachsen ganz langsam und werden dick,
sagte der Stern.

Ich will nur ein bisschen stark werden,
flüsterte das Kind nach einer kleinen Weile.

Der Abendstern aber meinte nur:
Ein bisschen stark kann manchmal sehr stark sein.

Das Kind stand vor dem großen Bücherregal.
Ein dickes Buch fiel ihm besonders auf.
Mit Mühe nahm es das Buch aus dem Regal,
legte es auf den Boden und
begann, darin zu blättern.

Warum sind da so viele Buchstaben drin?,
fragte das Kind.

Weil einer so viele Buchstaben
in dem Buch haben wollte,
antwortete der Morgenstern.

Und warum?,
wollte das Kind wissen.

Damit er das eine Wort findet,
sprach der Stern.

Wie heißt denn das Wort?,
fragte das Kind.

Das weiß er noch nicht. – Vielleicht aber dann,
wenn er es gefunden hat,
sagte der Morgenstern.

Ein so dickes Buch – nur für ein Wort,
murmelte das Kind verständnislos.

Das Kind tollte im Park herum.
Es dämmerte bereits.
Auf einer Bank saß ein altes Paar.
Das Kind betrachtete die beiden ganz genau.

Warum haben alte Menschen weiße Haare,
fragte es nach einer Weile.

Weil sie Jahr um Jahr etwas
von ihrer Haarfarbe verlieren,
gab der Abendstern zur Antwort.

Jahr um Jahr?,
fragte das Kind nach.

Ja,
sprach der Stern.

Dann verlieren sie also noch immer die Haarfarbe. –
Und was kommt nach Weiß?,
wollte das Kind wissen.

Der Abendstern aber schwieg.

Das Kind hatte lange
den schwindenden Wolken zugeschaut.

Verschmitzt fragte es:
Auf was schwimmen Wolken?

Der Abendstern, der das Grinsen
des Kindes bemerkt hatte, antwortete:
Die Wolken schwimmen auf Tomatensuppe.

Tomatensuppe?,
prustete das Kind,
Tomatensuppe, Tomatensuppe.

Als es sich wieder ein wenig beruhigt hatte,
sagte der Abendstern:
Ich wusste, dass du weißt,
worauf die Wolken schwimmen.

Und er verschwand mit einem letzten Blinken.

Das Kind aber hörte man noch lange kichern:
To-, Toma-, To-, Tomatensuppe.

Eigentlich hatte das Kind ein bestimmtes Wort sagen wollen. Weil es aber an etwas anderes dachte, schlüpfte das falsche Wort aus seinem Mund.

Warum kann ich nicht beide Wörter auf einmal sagen?,
fragte das Kind.

Niemand würde dich verstehen,
sprach der Abendstern.

Warum nicht, wenn sie genau zuhören?,
versuchte das Kind zu widersprechen.

Plötzlich war ein Rauschen zu hören.
Das Kind hielt sich die Ohren zu.

Was ist das?,
rief es.

Ich habe nur fünf Wörter auf einmal gesagt,
gab der Stern zur Antwort.

Das ist ja schrecklich,
sagte das Kind.

Aber, weil das Kind neugierig war, wollte es wissen,
was der Abendstern gesagt hatte.

Ich habe dich sehr gerne,
antwortete der Stern.

Das klingt viel schöner, als alles auf einmal,
sprach das Kind mit leichtem Erröten.

Ein kleines Gedicht hatte das Kind gelernt
und voller Stolz vorgetragen.

Später sagte es:
Ich will auch ein Gedicht machen.

Schnell hatte es den Anfang gefunden:
‚Auf einer Wiese steht ein Reh'.
Doch so sehr es sich auch anstrengte,
ihm fiel keine Fortsetzung ein.

Warum kann ich das nicht?,
fragte es verzweifelt.

Weil in deinem Gedicht noch zu wenig Zeit liegt,
antwortete der Abendstern.

Aber ich habe mich doch lange angestrengt,
widersprach das Kind.

Ja, das schon, aber du lebst
noch nicht lange genug,
versuchte der Stern zu erklären.

Ach so, wenn ich älter bin,
kann ich Gedichte machen,
sagte das Kind.
Kann man schneller älter werden?

Das Kind hatte gehört, dass es Krieg geben könnte.
Es hatte große Angst, weil alle Erwachsenen
besorgte Gesichter machten.

Was ist Krieg?,
fragte es.

Im Krieg nehmen die Menschen
den anderen alles,
antwortete der Abendstern.

Was ist alles?,
wollte das Kind wissen.

Alles, das ist der Atem,
sagte der Stern.

Dann sind sie ja tot,
sprach das Kind,
das sich erinnerte, wie sein Großvater
aufgehört hatte zu atmen.

Der Abendstern, der die Gedanken
des Kindes erriet, sagte:
Dein Großvater ist nicht im Krieg gestorben.

Auf dem Nachhauseweg lief ein kleiner Hund
dem Kind hinterher.

Warum macht er das?,
fragte das Kind.

Weil er einen Vater oder eine Mutter braucht,
antwortete der Abendstern.

Aber ich bin doch noch gar nicht erwachsen,
zweifelte das Kind.

Das weiß aber der Hund nicht,
sagte der Stern.

Wirklich?,
fragte das Kind.

Du hast recht,
sprach der Abendstern,
er hofft, dass du erwachsen bist.

Dann will ich ganz schnell groß werden,
rief das Kind.

Einmal kam das Kind
stöhnend von der Schule nach Hause.

Warum gibt es nur so große Zahlen?,
fragte das Kind den
nicht zu sehenden Morgenstern.

Das ist doch ganz einfach,
blinzelte die Sonne zwischen den Wolken
dem Kind zu:
**Weil viele mit kleinen Zahlen
nicht rechnen können.**

Da ging das Kind stolz ins Haus.

Das Kind hatte sich geschnitten.
In den Finger.
Etwas Blut tropfte aus dem Schnitt.

Nachdem die Wunde versorgt war
und der erste Schmerz nachgelassen hatte,
fragte das Kind:
Warum ist das Blut rot?

Weil es in Gefahr ist.
Alles, was in Gefahr ist, ist rot,
antwortete der Abendstern.

Das merkte sich das Kind.

Am nächsten Morgen lag
über den Hügeln das Morgenrot.
Beunruhigt fragte das Kind:
Ist die Sonne in Gefahr?

Ja,
sprach der Morgenstern,
in Gefahr, nicht beachtet zu werden – beim Aufgehen.

Aber ich beachte dich doch!,
rief das Kind der aufgehenden Sonne entgegen.

Da schob sich die Sonne über die Hügel –
strahlend.

Einmal war das Kind im Haus von
anderen Menschen gewesen.
Voller Staunen blickte es um sich.

Am Abend brach es aus ihm heraus:
Das war gar nicht wie bei mir. – Warum?

Erinnerst du dich nicht mehr – andere Menschen
wohnen auf einem anderen Stern,
antwortete der Abendstern.

Das Kind war sprachlos.
Nach einer Weile sagte es, leicht zweifelnd:
Ich war auf einem anderen Stern?

Ja,
antwortete der Abendstern,
da warst du.

Dann sind die Sterne ja gar nicht weit,
freute sich das Kind.

Stört es dich, wenn ich frage?,
fragte eines Abends das Kind.

Nein,
antwortete der Abendstern.

Und warum nicht?,
wollte das Kind genau wissen.

Ich bin so froh, dass du mir Fragen stellst,
denn sonst wäre es langweilig,
antwortete der Stern.

Dann darf ich also immer fragen?,
wollte das Kind wissen.

Ja, und ich hoffe, immer eine Antwort
für dich zu haben,
murmelte der Abendstern.

Das Kind war etwas traurig,
weil der Tag so schnell vergangen war.

Ja, ja, die Zeit vergeht wie im Flug,
sprach der Abendstern.

Und wohin geht die Zeit?,
fragte das Kind.

Nach Hause,
antwortete der Stern.

Kommt sie morgen wieder?,
wollte das Kind wissen.

Nein, aber eines von ihren Geschwistern,
sprach der Abendstern.

Hat die Zeit viele Geschwister?,
wollte das Kind jetzt ganz genau wissen.

Ja, sehr viele,
sagte der Stern,
und alle sind verschieden.

Es war September. Die Sonnenblumen blühten.
Das Kind bewunderte eine von ihnen besonders.
Sie war größer als das Kind. Das stellte sich nun neben
die Blume wie neben einen Menschen.

Wie heißt diese Blume?,
fragte es.

Sonnenblume,
antwortete der gerade erscheinende Abendstern.

Warum Sonnenblume?,
fragte das Kind nach.

Weil sie der Sonne ähnlich sieht,
war die Erklärung des Sterns.

Das finde ich nicht,
widersprach das Kind.
Meine Sonnenblume ist viel schöner!

Und dabei lehnte es den Kopf ein wenig an den Stängel
der großen Blume.

Es war Sommer und sehr heiß.

Das Kind klagte:
Warum ist es so heiß?

Weil jetzt Sommer ist,
antwortete der Abendstern.

Gehört das Heiße immer zum Sommer?,
wollte das Kind wissen.

Nein,
sprach der Stern,
aber der Sommer und das Heiße sind Geschwister,
die sich nicht so gerne loslassen.

Aber der Herbst vertreibt doch dann die beiden?,
fragte das Kind erneut.

Nein, die zwei gehen rechtzeitig,
bevor der Herbst kommt,
sagte der Abendstern,
weil es ihnen sonst langweilig wird.

Das kenne ich, mir ist auch oft langweilig,
rief das Kind und setzte hinzu:
Hoffentlich ist ihnen bald langweilig.

Es war Dezember.

Warum sind die Tage so kurz?,
fragte das Kind.

Das Jahr hat die Tage müde gemacht.
Darum müssen sie jetzt länger schlafen,
antwortete der Morgenstern.

Und wann müssen
die Nächte länger schlafen?,
wollte das Kind wissen.

Jetzt, im Winter,
sagte der Stern.

Geht das denn?
Da schlafen doch schon die Tage länger,
zweifelte das Kind.

Ja, bei Tag und Nacht geht alles,
sprach der Morgenstern.

Ein Schwarm Vögel flog am Abend über das Haus.
Das Kind schaute ihnen zu, bis sie hinter
dem Berg verschwunden waren.

Warum können Vögel fliegen?,
fragte es.

Die Luft trägt sie,
entgegnete der Abendstern.

Und warum trägt sie mich nicht?,
beschwerte sich das Kind.

Dich trägt die Erde,
sagte der Stern.

Sie trägt aber auch die Vögel.
Das hab ich schon gesehen,
widersprach das Kind.

Stimmt, aber bei Weitem
nicht so lange wie dich,
erklärte der Abendstern dem Kind.

Das Kind war zum ersten Mal auf einem Schiff.
Das fuhr vom Festland zur gegenüberliegenden Insel.
Es dämmerte bereits.
Die Lichter der Insel kamen immer näher.

Warum müssen wir mit dem Schiff
zur Insel fahren?,
fragte das Kind.

Weil das Meer nach Schiffen verlangt,
antwortete der Abendstern.

Verlangen die Schiffe
auch nach dem Meer?,
wollte das Kind genau wissen.

Ja,
sagte der Stern.

Dann sind das Meer und die Schiffe Freunde?,
fragte das Kind.

Ja, ganz besondere Freunde,
gab der Abendstern zur Antwort.

Aber das Wort ‚besondere' überhörte das Kind.

Du hast mir noch nie erzählt,
woher du kommst,
sagte das Kind zum Abendstern.

Ich komme vom Morgen,
antwortete der Stern.

Und wo ist das?,
wollte das Kind genauer wissen.

Dort, wo auch der Abend ist,
sprach der Stern.

Das verstehe ich nicht,
meinte das Kind.

Das macht nichts,
beruhigte der Abendstern,
ich verstehe es auch nicht.

Warum sprechen so viele Menschen
die Sätze nicht zu Ende?,
fragte das Kind einmal,
nachdem es Erwachsenen zugehört hatte.

Weil die Menschen Angst haben,
antwortete der Abendstern.

Vor wem denn?,
fragte das Kind.

Angst vor dem letzten Wort,
gab der Stern zur Antwort.

Guten Abend, lieber Abendstern,
grüßte das Kind.

Guten Abend, mein Kind,
antwortete das Gestirn.

Es entstand eine Pause, eine lange Pause.
Keiner der beiden sprach.

Der Abendstern löste als Erster das Schweigen auf:
Hast du heute keine Fragen an mich?

Nein,
antwortete das Kind.
Aber du kannst mich etwas fragen.

Der Stern überlegte nicht lange:
Was willst du machen, wenn du groß bist?

Ich will keine Fragen mehr haben,
antwortete das Kind.

Und du meinst, das klappt?,
fragte der Abendstern.

Ganz bestimmt,
sagte das Kind.

Dann wirst du nicht mehr
mit mir sprechen,
meinte der Stern.

Nach einer weiteren Pause rief das Kind
zum Abendstern hinauf:
Ich habe immer Fragen –
auch wenn ich groß bin.

Das Kind ging über den Weihnachtsmarkt.
Überall blitzten und glitzerten Lichter.
Und die Augen des Kindes waren ganz groß.

Hast du auch so viele Lichter
in deiner Nähe?,
fragte das Kind den Abendstern.

Ja, und noch viel mehr –
es sind Sterne wie ich,
antwortete der Stern.

Ich kann sie aber nicht sehen,
sprach das Kind zweifelnd.

Ja natürlich nicht;
sie sind alle hinter mir,
sagte der Abendstern.

Sie sollen vorkommen.
Ich will sie sehen,
rief das Kind.

Das geht nicht,
sprach der Abendstern,
sie würden dich so blenden,
dass du nichts mehr sehen könntest,
auch mich nicht mehr.

Ich will nur dich sehen.
Sag das den Sternen hinter dir!,
sprach das Kind.

Der Abendstern aber strahlte
für einen Moment etwas heller.

Der Morgenstern sandte einen dünnen, zarten
Lichtstrahl auf das schlafende Kind.
Dieses erwachte und blinzelte in die
Morgendämmerung.

Guten Morgen, lieber Morgenstern,
sagte es.

Guten Morgen, liebes Kind,
sprach der Stern.

Nach einer Weile erinnerte sich das Kind wieder,
welche Frage ihm gestern
durch den Kopf gegangen war:
Wie heißt der Ort, von dem wir alle herkommen?

Das weiß ich nicht; keiner weiß das,
weil das Ortsschild vor langer Zeit
verloren gegangen ist,
antwortete der Morgenstern.

Ortsschilder kannte das Kind gut.

Das ist aber dumm,
sagte es und stand auf.

Das Kind hatte gehört,
dass jemand Hochzeitstag feierte.

Was ist das, Hochzeitstag?,
fragte es.

Der Hochzeitstag erinnert an den Tag,
an dem man ‚JA' gesagt hat,
sprach der Abendstern.

Dann kann ich jeden Tag Hochzeitstag feiern.
Ich sage oft ‚JA',
rief das Kind.

Nein,
versuchte der Abendstern zu erklären,
dazu gehören zwei Menschen,
die auch schon erwachsen sind.

Ach so, das schon wieder. Immer muss man
erwachsen sein. Aber das dauert ewig,
murrte das Kind.

Nein,
sagte der Stern,
morgen bist du erwachsen und
übermorgen feierst du Hochzeitstag.

Heute Nachmittag habe ich
die aller-, allerschönste Wolke gesehen,
erzählte das Kind voller Begeisterung.

Meinst du, dass mein Großvater diese Wolke
auch schon einmal gesehen hat?,
fragte es.

Nein,
antwortete der Abendstern,
jede Wolke gibt es nur einmal.
Und diese war für dich.

Dann kommt sie ja nie mehr,
klagte das Kind.

Stimmt. Aber es kommen andere,
sprach der Stern.

Und ich habe mich
nicht einmal von ihr verabschiedet,
murmelte das Kind.

Das macht gar nichts,
sage der nächsten Wolke, dass sie deiner
Lieblingswolke schöne Grüße ausrichten soll,
sagte der Abendstern.

Und das geht?,
zweifelte das Kind.

Ja,
sprach der Stern.
Die kennen sich alle und wissen,
welche gemeint ist.

Im Flur standen aufgereiht die Schuhe der Familie. Eines Morgens schlüpfte das Kind in die Schuhe des Vaters und schlurfte damit zum Gartentor, wo die Zeitung steckte. Es dauerte eine Weile, bis es – öfter dabei über die eigenen Füße stolpernd – wieder im Haus war und die Schuhe abstellte.

Warum kann ich in den Schuhen nicht gehen – nur weil sie größer sind?,
fragte das Kind.

Weil die Schuhe dich nicht wollen. Tut mir leid,
sagte der Morgenstern.

Und warum nicht?,
wollte das Kind wissen.

Die Schuhe verlangen größere Füße,
meinte der Stern.

Und wenn ich groß bin und meine Füße auch?,
fragte das Kind nach.

Vielleicht klappt es dann. Aber deine Füße verlangen dann bestimmt nach eigenen Schuhen,
sprach der Morgenstern.

Das Kind war im Gebirge.
Am Ende des Tales erhob sich vor ihm ein großer Berg.
Das Kind staunte und wurde ganz still.

Als der Abendstern erschien,
fragte es:
Warum ist dieser Berg so groß?

Weil die Erde dir damit zeigt,
wie viel Kraft sie hat,
antwortete der Stern.

Ist der Berg nicht kräftiger?,
wollte das Kind wissen.

Nein, die Erde hat den Berg hochgehoben,
sagte der Abendstern.

Da muss die Erde aber viele Muskeln haben,
meinte das Kind.

Sicher,
sprach der Abendstern,
nur sehen kann man sie nicht.

Das Kind kam angerannt und sprach:
Ich will dich was fragen ...

Da unterbrach der Abendstern das Kind:
Immer hast du nur Fragen.

Jetzt hab ich's vergessen,
ärgerte sich das Kind,
fuhr aber sogleich fort:
Aber, aber warum gibt es so viele Fragen?

Weil es so wenige Antworten gibt,
sagte der Stern.

Das ist gemein,
jammerte das Kind.

Stimmt,
sprach der Stern,
aber ich kann dir nicht sagen,
wo du dich beschweren kannst.

Und warum nicht?,
wollte das Kind wissen.

Weil ich es nicht weiß,
brummte der Stern.

Eines Abends fragte das Kind:
Was ist morgen?

Das weiß niemand,
antwortete der Mond.

Auch du nicht?,
fragte das Kind den Abendstern.

Auch ich nicht,
sprach der.

Aber du bist doch ein Stern
und kannst weit schauen,
versuchte es das Kind nochmals.

Ja, aber nur bis zu den Sternen.
Und das reicht nicht,
sagte der Stern.

In der Nacht war es sehr stürmisch gewesen.
Am nächsten Morgen sah das Kind einen großen Ast
des Nussbaums im Garten liegen.
Das Kind war traurig darüber.

Warum ist der Ast gebrochen?,
fragte es.

Weil der Baum ein Spiel verloren hat,
antwortete der Morgenstern.

Gegen wen?,
fragte das Kind.

Gegen den Wind,
antwortete der Stern.

Das Kind hasste zu verlieren.

Was haben der Baum und der Wind denn gespielt?,
wollte das Kind wissen.

Sie haben das Spiel vom Lernen gespielt,
sprach der Morgenstern.

Und was hat der Wind gelernt?,
fragte das Kind.

Nichts,
sagte der Stern.

Da lachte das Kind.
Nichts, nichts, wie dumm.
Und was hat der Baum gelernt?,
fragte das Kind, während es noch lachte.

Dass der Wind immer gewinnt,
sprach der Morgenstern.

Lange war das Kind durch die erleuchteten Straßen
der Stadt gelaufen.
Nun wünschte es sich ein Stück Kuchen.
Doch die Geschäfte waren schon geschlossen.

Das ist gemein!,
rief das Kind und trat mit dem Fuß
gegen den nächsten Baum, verzog das Gesicht,
weil der Fuß schmerzte.

Das ist richtig,
antwortete der Abendstern,
aber genauso gemein ist,
dass du den Baum trittst.

Warum? Der Baum ist doch nur aus Holz,
widersprach das Kind.

Das stimmt,
sprach der Stern,
aber der Baum findet es gemein,
dass dir dein Fuß jetzt weh tut.

Das Kind hatte einen Luftballon geschenkt bekommen. Strahlend trug es ihn durch die Menge auf dem Festplatz. Plötzlich zerplatzte der Ballon, und das Kind hielt nur noch den Stab in der Hand. Traurig ging es nach Hause.

Warum ist der schöne Ballon kaputtgegangen?,
fragte es.

Weil jemand die Luft befreit hat,
antwortete der Abendstern.

War die Luft denn eingesperrt?,
wollte das Kind wissen.

Ja, in deinem Ballon,
sprach das Abendgestirn.

Wer macht denn so was?,
fragte das Kind
und fügte hinzu:
Gut, dass die Luft wieder frei ist!

Missmutig sprach das Kind zum Abendstern:
Alle reden von meiner Zukunft –
ich will sie endlich sehen.

Gut,
sprach der Stern,
morgen früh wartest du
auf den Sonnenaufgang.
Da kannst du sie sehen!

Ungeduldig erwartete das Kind
den Aufgang des Gestirns.
Als die ersten Strahlen über
den Horizont schossen,
trafen sie genau die Augen des Kindes.

In diesem Moment sprach der Morgenstern:
Da ist deine Zukunft.

Geblendet und voller Wut schrie das Kind:
Die Zukunft tut mir weh. Ich will sie nicht sehen.

Das Kind war zum ersten Mal
in der größten Stadt des Landes.
Es stand inmitten eines großen Platzes.
Viele Menschen liefen kreuz und quer darüber.

Am Abend – in einem ruhigen Zimmer –
fragte es:
Wohin sind alle diese Menschen gegangen?

Heim,
antwortete der Abendstern.

Und wo ist das?,
wollte das Kind genau wissen.

Dort, wo es genauso ist wie bei dir zu Hause,
sagte der Stern.

Dann weiß ich, wo ‚Heim' ist,
rief das Kind,
und die haben auch die blaue Bettdecke wie ich.

Nachdem das Kind einen Stein
ins Wasser geworfen hatte,
fragte es:
Warum macht er Kreise?

Weil das Wasser die Wunde schließt,
antwortete der Abendstern.

Habe ich das Wasser verletzt?,
fragte das Kind verunsichert.

Nein, aber Steine schmerzen immer,
sagte der Abendstern.

Auf dem Tisch stand ein Strauß, und
die ersten Blumen begannen zu welken.

Warum verwelken die Blumen?,
fragte das Kind.

Weil sie müde werden,
antwortete der Abendstern.

Aber sie können doch einfach
nur die Blüten schließen,
sagte das Kind.

Dazu sind sie auch zu müde,
erklärte der Stern.

Kann ich auch zu müde werden?,
fragte das Kind traurig.

Ja,
antwortete der Abendstern,
aber das dauert noch sehr, sehr lange.

Da war das Kind beruhigt.

Traurig war das Kind.
Es hatte seine schönste Murmel verloren.

Immer verliere ich etwas,
schluchzte es.
Warum verliere ich immer alles?

Der Abendstern versuchte zu trösten.

Weil alles rund ist,
antwortete er.

Rund, wieso rund?,
schluchzte das Kind weiter.

Weil alles rund ist, rollt es davon,
erklärte der Stern.

Aber, mein Buch, vor ein paar Tagen. –
Das war nicht rund und ist auch weg,
sprach das Kind nun etwas gefasster.

Das ist richtig,
sagte der Abendstern,
aber wenn die Dinge weg wollen,
machen sie sich rund.

Das ist gemein von den Dingen,
rief das Kind.

Ja,
sagte der Abendstern,
die Dinge machen einfach, was sie wollen.

Nacht war es geworden.
Über dem Kind leuchteten unzählige Sterne. Das Kind staunte. Still ging es ins Zimmer und legte sich schlafen. Ganz früh am Morgen stand es auf, um die Sterne zu sehen. Nur der Morgenstern schimmerte noch in der Dämmerung.

Wo sind die vielen Sterne?,
fragte das Kind.

Die leuchten jetzt anderen Kindern
und heute Nacht wieder dir,
antwortete der Morgenstern.

Da freue ich mich schon jetzt,
rief das Kind.

Aber, warum bist du noch da?,
wollte das Kind wissen.

Einer muss ja da sein, um dir das zu sagen,
sprach der Stern und verblasste.

Einmal war das Kind unter Menschen,
die sich laut unterhielten.

Da fragte es:
Warum sind die Menschen so laut? –
Meine Ohren tun weh.

Weil sie Angst haben,
sprach der Abendstern.

Angst – vor wem?
zweifelte das Kind.

Ja, Angst, dass niemand ihre Stimme hört,
erklärte der Stern.

Vater und Mutter stritten sich heftig.
Das Kind war entsetzt, lief in sein Zimmer
und öffnete das Fenster.

Warum tun sie das?,
rief es verzweifelt.

Weil sie glauben, dass es ihnen hilft,
antwortete der Abendstern.

Hilft es wirklich?,
fragte erneut das Kind.

Nein,
sagte der Stern traurig.

Und warum hören sie nicht auf?,
schrie das Kind.

Sie wissen nicht, dass es nicht hilft,
sprach der Stern.

Dann muss ich ihnen das sagen,
flüsterte das Kind mit zittriger Stimme
und schloss das Fenster.

Das Kind hatte sich versprochen. Es klang so lustig,
dass die Erwachsenen lauthals lachten.
Das Kind schämte sich. Gleichzeitig ärgerte es sich und
ging wortlos in sein Zimmer.

Warum lachen die mich alle aus?,
fragte es.
Ich habe mich doch nur versprochen.

Weil es so lustig geklungen hat,
antwortete der Abendstern.

Aber sie lachen mich aus,
trotzte das Kind.

Nein, sie lachen, weil dir so etwas
Lustiges gelungen ist,
sprach der Stern und fügte hinzu:
Das schafft nicht jeder.

Wirklich?,
wollte das Kind wissen.

Der Abendstern blinkte ein kräftiges ‚Ja' zum Kind.

Ich will mich jetzt öfter versprechen,
rief das Kind.

Voller Wut hatte das Kind die Tür zugeschlagen.
Die zitterte noch nach.

Warum tust du das?,
fragte der Abendstern.

Weil, weil …,
stieß das Kind hervor.

Ah, ich verstehe,
sprach der Abendstern,
weil du nichts sagen kannst.

Nach einer Weile – das Kind hatte sich etwas beruhigt –
begann es:
Ich kann aber etwas sagen.

Und was sagst du?,
fragte der Stern.

Ich, ich …,
stammelte das Kind und verstummte wieder.

Der Abendstern aber sprach:
Schlaf gut. Sag es mir morgen – ohne Tür.

Wann gibt es Essen?,
fragte das Kind.

Gleich,
antwortete die Mutter.

Ich will aber jetzt essen,
quengelte das Kind.
Wann gibt es Essen?

Da schaltete sich der Abendstern ein
und sprach:
Wenn die nächste Wolke
mich versteckt.

Verstecken mochte das Kind
und war nun zufrieden –
und wartete geduldig auf die Wolke.

Das Kind war traurig gewesen,
so traurig, dass ihm kein Satz
über die Lippen kam.

Später fragte es:
Warum kann man nichts sagen,
wenn man traurig ist?

Weil die Worte so schwer sind,
dass sie nicht aus dir herauskommen,
sprach der Abendstern.

Das Kind nickte.
Nach einer Weile fragte es:
Und wie werden die Worte leichter?

Der Abendstern meinte:
Da gibt es schon ein paar Möglichkeiten:
eine liebe Hand auf deinem Kopf ...

Am Abend schaute das Kind zum Fenster hinaus.
Auf der Spitze des gegenüberliegenden Berges
erschien die Silhouette einer Person.

Wer ist das?,
wollte das Kind wissen.

Das ist ein Wanderer,
antwortete der Abendstern.

Und woher kommt er?,
fragte das Kind weiter.

Anstatt zu antworten, fragte der Stern:
Woher kommst du denn?

Ich komme von draußen, war spielen,
antwortete das Kind.

Siehst du, da kommt der Wanderer auch her,
sprach der Stern.

Und wohin geht er?,
fragte nun das Kind.

Der Abendstern aber war
nicht mehr zu sehen.

Hallo,
rief das Kind.

Hallo,
rief das Kind noch einmal.

Keine Antwort.

Hallo, hallo,
wiederholte das Kind.

Nichts.

Schade, dass du nicht da bist,
lieber Morgenstern,
sagte das Kind.

Ich bin doch da,
ertönte die Stimme des Sterns.

Warum hast du mir nicht geantwortet?,
fragte das Kind.

Ich habe gedacht, du rufst jemand anderes,
sprach der Abendstern.

Ach so,
sagte das Kind etwas kleinlaut.

Warum kann ich nicht Kind bleiben?,
fragte das Kind eines Abends.
Warum muss ich groß werden?

Wegen der vielen Fragen,
sprach der Abendstern.

Wegen der Fragen?,
sagte das Kind mit Unverständnis.

Ja, wegen der vielen Fragen und Antworten.
Die brauchen viel Raum in dir,
erklärte der Stern und fuhr fort:
Aber noch mehr Raum brauchen die Fragen,
auf die es keine Antworten gibt.

Das verstehe ich nicht,
sprach das Kind missmutig.

Du hast doch eine Spielzeuglokomotive,
sprach der Stern.
Wie viele Wagen kannst du da anhängen?

Einen, zwei ...,
sagte das Kind.

Viele,
ergänzte der Abendstern.

Und wenn du viele Lokomotiven hast,
kannst du viele Wagen anhängen. –
Und die brauchen sehr viel Raum.

Das Kind verstand nach kurzem Nachdenken:
Ich will ab jetzt keine Fragen mehr stellen.

Wie alt bist du, Omi?,
fragte das Kind eines Tages.

Sehr alt,
antwortete diese.

Wie alt ist sehr alt?,
wollte das Kind genau wissen.

So alt, dass unsere Finger und
Zehen nicht reichen, die Zahl zu zeigen,
antwortete die Omi.

Dann bist du sehr alt,
sprach das Kind.

Am nächsten Abend fragte es den Abendstern:
Wie alt bist du? Älter als meine Omi?

Ja, aber auch jünger,
antwortete der Abendstern.

Das verstehe ich nicht,
murrte das Kind.

Weißt du,
sprach der Stern,
ich habe schon viele, viele Jahre hinter mir,
aber noch viel mehr Jahre vor mir.

Meine Omi auch,
sprach das Kind trotzig.

Das Kind hatte im See gebadet.
Während es sich abtrocknete, fragte es:
Warum ist überall an mir Wasser?

Das Wasser macht keine halben Sachen,
erklärte der am Himmel erscheinende Abendstern.

Halbe Sachen? Das verstehe ich nicht,
sagte das Kind.

Nun,
versuchte der Stern es mit anderen Worten,
das Wasser ist ganz und gar für dich da.

Da strahlte das Kind, schöpfte mit beiden Händen
Wasser aus dem See
und verspritzte es in der Luft.

Das Kind war im Zirkus gewesen.
Mit offenem Mund hatte es die Kunststücke
der Akrobaten verfolgt.

Als der letzte Applaus verklungen war
und das Kind nach Hause ging,
fragte es:
Warum können die Leute so etwas?

Weil sie die Sterne lieben,
antwortete der Abendstern.

Die Sterne, die sind doch so weit weg,
zweifelte das Kind.

Nein,
widersprach der Abendstern.
Hast du nicht die vielen Lichter
bei den Leuten gesehen?
Das waren alles Sterne.

Das Kind senkte den Kopf.
Als es ihn wieder hob,
funkelten seine Augen.

Die Eltern des Kindes veranstalteten eine große Feier.
Da erzählte ein Erwachsener etwas,
das das Kind nicht verstand.
Aber alle Erwachsenen lachten lauthals.

Warum haben die gelacht?,
fragte das Kind.

Jemand hat einen Witz gemacht,
antwortete der Abendstern.

Was ist ein Witz?,
fragte das Kind.

Eine kleine Geschichte,
über die man lachen muss,
sagte der Stern.

Ich aber nicht,
widersprach das Kind.

Weil du noch nicht erwachsen bist,
sprach der Abendstern.

Blöder Witz,
bei dem man erwachsen sein muss,
murrte das Kind.

Da hast du nicht ganz unrecht,
sagte der Abendstern und
verabschiedete sich:
Morgen erzähle ich dir einen Witz. Tschüss!

Am nächsten Abend wartete das Kind
schon ungeduldig auf das Erscheinen
seines Lieblingssterns.
Als er aufleuchtete,
legte das Kind sofort los:
Du wolltest mir einen Witz erzählen.

Guten Abend, liebes Kind,
grüßte der Abendstern.

Das Kind,
das seine Begrüßung vergessen hatte,
wurde rot.

Der Stern aber begann:
Unterhalten sich zwei Sterne.
Sagt der eine: Ich leuchte heller als du.
Sagt der zweite: Ich kann schwächer leuchten.
Das kannst du nicht. Ätsch!

Da lachte das Kind:
... schwächer leuchten, schwächer leuchten
... hi hi ...

Der Abendstern murmelte:
Eigentlich ist das kein Witz.

Als es zu schneien begann,
fragte das Kind:
Woher kommt der Schnee?

Aus dem Himmel,
antworteten die Wolken.

Und warum ist der Schnee so weiß?,
wollte das Kind weiter wissen.

Damit der Himmel wieder blau wird,
gab die Schneeflocke auf der Nasenspitze
des Kindes zur Antwort.

Da begann das Kind, den Schnee
von der Gartenpforte zu fegen.

Wo bleibt nur das Kind?,
fragte der Abendstern.

Es wird schon kommen,
besonders, wenn es etwas zu fragen hat,
antwortete der blasse Mond.

Sei nicht so hart,
sprach der Abendstern,
das Kind hat Not.

Papperlapapp,
erwiderte der Mond,
das Kind denkt nur an sich.

In diesem Moment kam das Kind und freute sich,
Abendstern und Mond zu sehen:
Ihr scheint so schön.
Danke – und gute Nacht.

Gleich darauf verschwand es im Haus.
Der Mond aber schien ein wenig rötlich zu leuchten.

Inhalt